Tema: El invierno   **Subtema:** Navidad / Papá Noel

Notas para padres y maestros:

A medida que un niño se familiariza con la lectura de libros, es importante que recurra a estrategias de lectura y las utilice de una manera más independiente para que le ayuden a entender palabras que no conoce.

RECUERDE: ¡LOS ELOGIOS SON GRANDES MOTIVADORES!

Ejemplos de elogios para lectores principiantes:

• Te vi cómo preparabas la boca para decir la primera letra de esa palabra.
• Me gusta la forma en que usaste la imagen para ayudarte a entender esa palabra.
• ¡Noté que viste algunas palabras comunes que sabes leer!

¡Ayudas para el lector!

Estos son algunos recordatorios para antes de leer el texto:

• Señala con cuidado cada palabra que leas para que coincida con lo que dices.

• Utiliza la imagen para obtener ayuda.

• Mira y di el sonido de la primera letra de la palabra.

• Busca palabras comunes en la historia que sepas leer.

• Piensa en la historia y descubre qué palabra podría tener sentido.

Palabras que debes conocer antes de empezar

galletas

leche

Papá Noel

regalos

Rodolfo

sonríe

techo

zanahorias

¿DÓNDE ESTÁ
Papá Noel?

De Robin Wells

Ilustrado por
Srimalie Bassani

Rourke
Educational Media

rourkeeducationalmedia.com

Es Nochebuena.

Jack y Jill esperan a Papá Noel.

¿Vendrá esta noche?

Sí, lo hará.

Papá Noel debe estar hambriento.
Vamos por leche y galletas.

¿Y para Rodolfo?

Podemos darle zanahorias.

¡PUM! Oyen un ruido.
¡Es él!

Jack y Jill corren afuera.

Ven a Papá Noel en el techo.

¡Papá Noel está aquí!

¡Hola, chicos!

Papá Noel les sonríe a Jack y a Jill.

Aquí están sus regalos.
¡Los veré el próximo año!

Ayudas para el lector

Sé...
1. ¿Qué hicieron Jack y Jill?

2. ¿Qué le prepararon a Papá Noel?

3. ¿Dónde encontraron a Papá Noel?

Pienso...
1. ¿Alguna vez esperaste a Papá Noel?

2. ¿Te gusta la Navidad?

3. ¿Qué te trajo Papá Noel el año pasado?

Ayudas para el lector

¿Qué pasó en este libro?

Mira cada imagen y di qué estaba pasando.

Sobre la autora

Robin Wells es madre de dos hijos y vive en la soleada Florida. Ha escrito más de 30 libros para niños y adolescentes. En realidad, no hay una materia o tema que sea su favorito para escribir. Todos son especiales para ella y a menudo le gusta escribir con el sol en la cara y los pies en la arena.

Sobre la ilustradora

Desde que Srimalie era niña, su madre le inculcó la pasión por el dibujo y la pintura, y siempre fomentó su expresión artística. Su obra está llena de sorpresas. Es difícil sacarla de su escritorio, donde mantiene una pila de libros, páginas, tazas de té de muchos colores y también entretiene a su gata gorda.

Library of Congress PCN Data

¿Dónde está Papá Noel? / Robin Wells

ISBN 978-1-64156-061-0 (soft cover - spanish)
ISBN 978-1-64156-134-1 (e-Book - spanish)
ISBN 978-1-68342-719-3 (hard cover - english)(alk.paper)
ISBN 978-1-68342-771-1 (soft cover - english)
ISBN 978-1-68342-823-7 (e-Book - english)
Library of Congress Control Number: 2017935435

Rourke Educational Media
Printed in China, Printplus Limited, Guangdong Province

Editado por: Debra Ankiel
Dirección de arte y plantilla por: Rhea Magaro-Wallace
Ilustraciones de tapa e interiores por: Srimalie Bassani
Traducción: Santiago Ochoa
Edición en español: Base Tres